AF586712

FABLES.

FABLES.

PAR M. A. H..

Première partie.

Paris,

CHEZ LES MARCHANDS DE NOUVEAUTÉS.

1836.

ARGENTEUIL, IMPRIMERIE DE JULES BERRIER.

LE LION,

L'HYENE, LA SAUVAGE.

Un jour une jeune sauvage
Se promenait dans une impénétrable forêt ;
Là, plus d'un gai paysage,
Y cachait, y dérobait un corset.
La belle femme habitait l'Afrique,
Tout près la mer, non loin du Cange,
N'avait pas un vilain physique;
Elle mangeait de la noix de coco.
Là des singes, des lions, des panthères,
Abondaient avec d'autres animaux,
Presque toutes ces espèces carnacières
En cruauté étaient l'écho.
Elle portait sur sur ses épaules de négresse
Un singe qui était apprivoisé,
Qui plus d'une fois sa maitresse
Avait adroitement singé.

Or, pendant la promenade,
Elle voit un lion tout seul,
Son ame en est malade;
Elle a peur de grè... là sans linceul..
Elle lui dit : pardonne,
Elle se met à ses genoux;
Lion, dit-elle, ta grâce donne,
Pour moi montre-toi doux.
Des animaux, tu es le plus noble,
Découvre ton caractère généreux,
Ne me dévore pas comme un ignoble,
Ne m'effraye pas de tes deux yeux.
Sur tous les animaux je domine.
Ainsi, dit-il, je suis leur seul roi,
Ma bonté ne fut pas démentie depuis mon origine;
Fut toujours juste ma loi;
Celui qui nous créa, je représente,
J'ai été fait par le vrai Dieu,
Ma générosité vraie, clémente;
Je t'excuse, t'accorde tes vœux.
Quand vint à passêr une hyène,

Enfant né de l'immuablle trépas,
La rage coule dans chaque veine,
Par la terreur que l'on voit sous ses pas.
La furie qu'elle inspire,
La curauté dans ses yeux d'animal,
Sous sa griffe d'hyène, l'on expire;
Son cœur n'est pas le cœur d'un lion royal.
Voyez comme il se précipite
Sans rien voir d'abord ;
Il court, s'arrête, s'irrite,
Partout il va mettre un désaccord.
Il voit le premier la jeune dame;
Il veut boire de son sang.
Elle est sans aucune alarme,
Elle a un rien éblouissant.
Pendant qu'il se jette sur la femme jeune,
Le lion fort barre son chemin,
Il a faim; l'hyène jeune
Sur elle veut percer son sein,
Le liou lui dit : tu veux en boire,
Bête féroce ! tu veux le savourer.

Si je voulais de ta lâcheté noire,
Je suis le plus fort : je saurais t'arrêter ;
Ton corps, je peux faire plus d'une boue,
Je ne crains pas , et d'ailleurs,
Tu aurais beau jeu de te jeter en meloue,
Sur toi j'imprimerais tes terreurs.
Et dis-moi, aux combats je te défie ;
Je parlerai, j'agirai sur toi en sous main,
Je suis ton roi, j'ai dent et crie ;
Comme tel, j'arrêterai ton caquet inhumain.
L'hyène réplique avec colère :
Je te méprise, femelle de lion ,
Je n'ai pas attention à ton faux air austère
Tu veux que je t'écoute avec religion.
Mais ton pouvoir s'émane ,
Tu n'es plus écouté ,
Ton palais deviendra la manne ,
Ton nom n'est plus craint, plus révéré.
Ta monarchie tombe en quenouille,
Tu as perdu ton génie surhumain,
Tout s'y dérange, s'y canille;
Les grands sont tous des gredins.

Tu n'as plus le regard sublime ;
Le peuple en cinq minutes t'éleva
Sur un trône que peu il estime ,
De même sur ton siége te menaça ;
Chacun s'étonne , regarde ,
Qu'on s'élève aussi promptement,
S'enfuit , s'arrête , enfo nce ta garde,
C'est là jusqu' en tête s'étend succinctement.
Une fois que sans qu'on se fache ,
On eut des couronnes, le peuple s'enflammant,
Et que le citoyen qui n'est pas lâche
Eut commencé la fin et le patient.
La canaille , pleine de sa véhemence
Eut ouvert les premières marches du palais
Des monarques, veut punir l'insolence
Dont les manteaux décèlent les traits;
La puissance perd de ses charmes ;
Depuis que la licence remplaça les vertus ;
Depuis ce tems qu'il n'y a plus de gendar mes
Les rois sont devenus retenus
Depuis aussi que cette marchandise

Est conclue à tant vil prix ;
Rien ne les déroute, ne les scandalise.
Depuis que certains individus diront à Paris :
Si de tous ces rinhes il fallait en extraire
Il n'en sortirait que des jobards
Grands parleurs à ne jamais rien taire,
Ils promènent leur tête sur les boulevards.
Qu'on propose d'acheter un monarque,
Personne n'en veut, il est trop fiévreux,
Il décline, il est trop près de la parque ;
C'est un propre à rien, il est vieux.
Plus d'un pays jamais n'en achète ;
Mais le souverain se vend,
Il a une si vénale tête
Que cela bien aisement se comprend.
Aujourd'hui tont se réduit au mot commerce,
Le plus cuistre, le plus sot
Avec la sottise de plus en plus perce,
Tout se fait sans dire un seul mot.
A vingt-cinq sous la pièce,
Et les dames et vous Messieurs,

Vous y voyez plus d'une drôle de pièces
Qui font partie des brocanteurs.
Dans cette boutique tout s'y consomme,
Gravures, portraits, le bel esprit
Ouvrage mince de plus d'un petit homme
    Un croquis en art guérit.
    Vous y voyez la figure venale
D'un grand, d'un puissant de l'arbitraire
Qui de sa niaiserie se régale,
Son talent est fortement plagiaire.
Si se montre un jour, les ministres
Qu'il veut absolument éblouir par quelques soins
Il veut, dit-on, nous effrayer de son projet sinistre
Je cherche son génie que je ne trouve point.
Tiré par le populaire caprice,
    Tu punis à pleins bras
La valétaille te provoque dans la lice.
Elle n'annonce point des gens si bas,
Et nous que la bataille engage,
    Lion-roi, je te jette le gant.
    Ranime ton endormi courage

Réveille-toi, tyran sanglant,
Alors ainsi je le reconnaîtrai sur l'heure
Que tu es plus couragenx que moi,
Que l'hyène en ce lieu meurre,
Je croirais ainsi que tu es mon roi.
Le lion dit : je le ramasse
Ce gant, attends, provocateur,
Que de mes griffes je t'embrasse,
Tu me diras après si je n'ai plus de chaleur.
Oh! s'il n'existe plus de monarque
Tu verras si devant un vassal
De moi plus insolemment se moque,
Nous allons nous battre et tache dans mon moral
Que tu examines quel est le plus pusillanime.
Comme un souverain je vais me précipiter,
Je saurais bien t'enlever ta victime;
Attends, toi qui voulais me railler.
Le combat qui était peu ordinaire
Chacun commence, il croit
Dans son ardeur sanguinaire,
Que chacun des deux son sang d'avance boit.

Remuant et balançant leurs têtes
    Et montrant un petit col,
    Ils mugissent bien de tempêtes,
    De leurs queues balayant le sol.
S'élèvent de nuages de fumée.
Plus que l'hyène le lion était fort,
    Elle n'a plus rien de ranimée,
L'hyène vient de recevoir la mort.
    La mère de notre jeune fille,
    Sort de sa maison,
    Elle a l'existence débile,
Elle a presque perdu la raison.
Des larmes sur son enfant elle donne,
Elle la cherche en tout lieu, partout,
    Tous les endroits elle tourne,
    Elle en est dénuée de dégoût.
Son ame n'est pas abusée, trompée,
Avec un lion sa fille vient de voir;
Il lui rend sans mal sa bien-aimée;
Ils parlent... il calme son désespoir.

LA GIRAFE ET LE CHAT.

Vous savez qu'au jardin des Plantes,
Une girafe a été envoyée par le dey d'Alger,
Lecteur, qui cet endroit hante,
Tu connais qu'un Dey vient de l'envoyer.
Que sous le roi de France et de Navarre,
Charles Dix la reçut à Paris,
Que ee roi comme ami d'un pays barbare
S'occupait en la voyant de capter ses amis,
Il faisait sonner à la fois de bois les horloges.
Au moment où le Français sa ville bloquait
Et la suluane lui faisait des éloges,
Sur elle une bonne cité il remplaçait.
A cet instant il faisait empaler son ministre,

Un premier, son grand ministre Osmin,
Parce qu'il l'avait un vienx cu'stre,
On l'exécntait par son ordre inhumain.
Le roi croit, sur les côtes algériennes,
Pouvoir envoyer des mains sans forfaits.
Sans voir la vengeance se couler dans les siennes
Y envoyer Bourmont et les Français
Traverser de la Seine la rivière
Sur le pont d'Auxterlitz, la regardant
Vous y verrez la girafe avec son air austère,
De même que je m'en vais le dire en un moment.
Or à travers de sa cage, la grille,
Vous voyez l'animal parfaitement bien.
Du désert de zulma c'est la fille,
Elle est même du sol algérien.
Elle est instituée dans une maison sublime;
Dans le même lieu est un éléphant;
Ici vous y contemplez un animal antique,
Et l'éléphant, sa trompe promenant,
En dernier c'est un buffle, c'est un être
Animal vilain, laid et affreux,

Que Dieu fit en maronnant peut-être
Dont il ne fera pas un ange aux cieux.
Il y avait grande affluence,
Cette matinée, aujourd'hui
Pour voir l'animal plein de démence,
Si grand, si beau, si bien et si joli;
Il était tard, commença la soirée,
On cessa de lui jeter du pain un morceau.
L'heure étant trop avancée,
Tous dirent adieu à l'animal beau.
Comme le nègre madave
La conduisait dans l'intérieur de la maison,
Un minet tout brave
Vient lui faire sa salutation.
Il vient saluer sa seigneurie,
Le sensible ce mignon, ce petit chat
Venait lui faire sa cérémonie,
Avec ses manières de faiseurs de fat.
La girafe ne le vit pas de suite;
D'abord avec dédain le méprisa;
Car elle se croyait du mérite,

de sa grandeur à peine la regarda.
Comment se porte sa dignité altière
Dit le chat, en la saluant,
Que son excellence ne soit pas trop fière,
Je vous parle en cœur abondant,
Tu es trop peu grande,
Dit la girafe pour que je puisse te voir
D'un geste je te commande,
Sur toi n'essaie pas de mon pouvoir,
Avec ton air bénin il faudrait que la girafe
Se couvrit de son humiliation,
Et que d'un coup de pied je te raflle
Et l'on verra la compression.
Sur toi, chat, j'ai domaine,
De ton embarras, je peux te saisir,
Prends garde que dans ma haine'
Moi-même je te méprise,
Parce que dn maître tu es le plus petit
Et si je voyais ta tête, je la vise,
Je te vaincrai par mon esprit.
Puis, je fus toujours ta dominatrice,

Tu vis sans nous et sans moi,
Tremble que ma justice
N'imprime sur ta figure une nouvelle loi,
Toi si petit et moi si superbe,
Aye peur qu'en passant sous mes pas
Je t'écrase de mon orgueil sous l'herbe
Et que mes pieds ne te donnent le trépas.
Il faut qu'à l'instant, il se repente
De m'avoir examiné, contemplé;
Tu le sais, mon ame n'est pas clémente,
Avec des supplices tu te verras torturé.
Le chat réplique: tu veux que je te craigne,
Que me jette, me précipite à genoux,
Mais mon cœur saigne,
De ton pouvoir je suis jaloux,
Tu prétends que je m'humilie,
Que je porte l'amour en un moux,
Que j'adore, que j'invoque ton génie,
Que de loin l'on prévienne ton chemin
Qu'à tes volontés je ploye
Que je fasse de toi une adoration

Que de la félicité, on se noye,
C'est dépasser toute exagération.
Tu désires que devant toi on s'effraye,
Que l'on parte toujours intolérant,
Après, qu'à tes fêtes l'on s'égaye,
Chez toi y faire l'intéressant.
Tu veux qu'avec délire on te contemple,
On t'adore comme la Déité,
Mais tu ne crois pas qu'il y a de temple,
Une seule et vénérable divinité.
Oui, en cette vénérable présence
On reconnait le roi non celui de sots,
En attendant qu'en tout lieu on t'encense,
On te regarde tel le plus grand des héros.
Pour de l'esprit, il n'est qui t'égare,
Si elle le perd, elle met son mouchoir sur deux.
Ce n'est pas qui l'inventa dans un pays barbare;
Mais tout cela est un boutte feu.
A ces mots le chat se jette
Sur le quadrupède, sur cet animal,
De lui veut faire la conquête ;

La girafe se sent plus mal.
Sans dire, sans aucune réplique,
Le quadrupède en fut stupéfait,
Il ranime sa vigueur antique
Contre un chat dont le choc n'est pas fait.
Minet charge sa patte;
La girafe sent celle qu'elle vaut,
Sent en force peu délicate,
Le chat sur elle monte haut,
Minet de sa patte attrappe
L'animal qui en est couroucé,
Elle en reçoit plus d'une tape,
Mais à bien répandu riposte.
Regardez dans une fureur soudaine
Un petit animal, un grand a vaincu.
Comme dans le petit il y avait plus de haine,
La girafe son dernier jour a vu.
Le chat chantait la victoire
Et dans son joyeux transport,
Par unc intention noire,
Il va recevoir ou lui donner la mort.

On avait mis un piége sur la route,
C'était de la viande l'attrait;
Il y entre, le voilà en déroute,
Une hache lui coupa de la vie le trait.

LE CHIEN ET LE RENARD.

Un des occupans du ministère
De l'auguste cour du lion
Venait de dire adieu à la lumière ;
Il avait reçu les saints sacremens de la religion,
A cette cour comme à celle de France,
Il y avait sept porte-feuilles occupés ;
Pour une charge d'une telle importance,
Il y en avait de bien inhumain.
Or, c'était une attaque d'appoplexie
Dont venait de mourir le ministre de l'intérieur ;
Il avait quitté, abandonné la vie ;
On dit plutôt qu'il créva d'une autre peur,

Il aimait, adorait tant son poste,
Parce que là il avait de l'argent secret,
De mauvaises affaires le forcèrent de fuir le poste
C'était donc son inguérissante place
A toute heure près du roi de postulans,
Nobles, on peut s'engraisser aux frais de populace.
Ainsi on y tait amené des postulans,
Quand on a le poste on vous nomme,
Le domestique demande, l'autre répond à l'hotel.
On y passe un demi quart de grand homme,
Sur ces cartes de visites, il y a monsieur tel.
Deux individus se présentèrent,
Un chien et un renard ;
La place tous deux demandèrent ;
Le dernier avait un fin regard.
Le chien emblême de la modestie,
Présenta son humble pétition ;
Le renard plein de finerie,
Sentait plus de l'ambition.
Commença, eut lieu l'assemblée,
Chez le lion se niche de peur,

Elle n'avait rien de dissimulée,
Parce que rien de franc n'était en son cœur.
Le lion, sur son trône près d'elle se pousse,
Etait assis à ses cotés;
Elle avait la mine bonne, douce ;
Derrière étaient leurs enfans déclarés ;
En face on voyait les deux pétionnaires
Tenant leur demande à la main.
Les assemblés n'avaient rien d'arbitraire.
Le roi avait quelque chose de masculin,
Il avait un œil de lion qui en impose,
Il avait du doux et de fier,
Quand il disait : telle loi j'expose,
Sur des bois que personne ne pourra oublier.
Voici mes profondes paroles,
Mes moindres mots, écoutez ;
J'ai bien acquitté tous mes roles,
Mes phrases avec moi bien vous comprenez ;
Sentez la fierté de mon ame,
Quand avec vous je vole en tête du combat,
Qu'on y déploye notre belle oriflamme

moi-même j'ai été votre premier soldat.
Par mondroit, ma volonté profonde,
J'ai le droit de parler le premier messager,
M'obéit tout le monde,
Vous répondrez en second, et après.
Notre liberté que l'on attaque,
Elle dira je suis fille de sang,
Elle donne et n'éteint pas la parque,
Elle tue le puissant de haut rang,
Qu'on prise et que l'on loue
Notre fondamental gouvernement
Qui paye les veuves qui le rouent,
L'on y fait pas attention pour l'insolent.
Ecoutez, la campagne de la guerrese déploye;
De l'inconvenient sont les fonds,
Etrangers devant vous le vainqueur ploye,
Nous avons vu de triomphes glorieux.
Maintenant il faut que je vote,
Enconséquence vous allez sentir
Qu'en cela je n'agirais pas en despote.
Lequel des deux va entrer au pouvoir,

Je dirais en mon ame et conscience,
Lequel remplace mon ministre de l'intérieur,
Du chien ou du renard on nommera excellence,
Qui aura le bras triomphateur.
Le chien le premier eut la bouche
D'un ton humble il dit :
Vous savez que je ne suis pas farouche,
Je serais pédant si je vous disais que j'ai d'esprit.
Je ne vanterais pas mes services,
Je suis le plus fidèle ami et compagnon ;
L'homme se jetant dans des précipes,
Je l'ai retiré, dans la désolation.
Quand l'homme et la femme se violentent
Je les rends à leur mutuel bonheur,
Ils sont gais, ils se consolent,
J'en éloigne à la porte le malheur ;
Je ne vante pas que je suis toujours plus fidèle
Que certains hommes en sermens en déreglemens
Que dans leur joie, ma constance soit belle
Et que je tienne mieux mes sermens ;
Ni comment à cette époque

On se piquait de regard honteux,
De sa force censée on se moque,
L'on riait à pourfendre en deux.
Voici son discours peu remarquable,
Comment le renard pérora,
Le membre extraordinairement vénérable
Lacha la compagnie et aiusi parla :
Vous savez, seigneurs, que je descends d'une
branche,
Renommée par tous les animaux,
Que mes talens pour le peuple s'épanchent
Que mes ayeux engloutis furent beaux.
On voulait vons voler la victoire
Aux grands champs de l'honneur.
Dans vos bras aussitôt je ramenais la victoire
Pour que vous ne trouvassiez pas le déshonneur.
Chacun pensait tout bas le contraire,
On avait eu des preuves de sa lacheté.
Le renard était puissant, désirait lui plaire;
Mais en dernier il avait bavardé,
Il se tourne, c'est rien, c'est l'usage

Qu'on soit de l'avis du dernier orateur,
On vante partout le langage.
Le roi nomma le renard ministre de l'intérieur
Il s'agit de faire la morale,
C'est un instruit ou adroit
Que tu sois marchand, à la table,
Ou que tu habites sous le toit
Défie-toi donc de flatterie,
C'est elle qui fait les mauvais rois ou les défaits,
Elle énerve, elle flétrit leur génie,
Elle se montre, c'est la pudeur lui dérobant leurs traits.

LES ANES
COMBATTANT POUR L'ESPRIT.

Le lion donne une couronne
A celui qui l'emportera sur l'esprit,
Cette faveur insigne il donne
A celui qui le mieux aura dit.
Voici en quoi consiste cette prime,
C'est une coupe ciselée toute en or,
Celui qui saura uni cette rime
Emportera ce beau et sacré trésor;
L'un pour obtenir cet insigne,
Célèbre les animaux les plus fameux,
L'autre chante les ramiers avec les cygnes,

Sur son luth d'entendre de tels on est heureux,
L'autre un brave qui pour sa patrie s'immole,
Fait retentir les nobles exploits,
Cet autre la femme, la demi idole
Charme de sa harpe avec ses doigts.
Chacun se livre à sa tache si noble
Parmi tous les animaux,
Chacun le peuple et même l'ignoble,
Ne craint pas d'être confondu dans ces travaux.
Tout le monde, personne ne s'étonne,
Qu'il n'en est aucun qui n'emporte le don,
Et leur pensée en est bien bonne;
Car tous en ont l'ardente ambition
Comme pour cette récompense,
Du génie et néanmoins qu'il en faut,
Généralemet on pense
Qn'on s'élevera extrêment haut.
Il est le choix d'une ame ardente,
Encore il est utile d'avoir de la capacité
Et aussi de la chaleur flamboyante,
Sans cela tout est nullité.

Ilfaudrait en conséquence l'espace,
Le tems et l'époque d'un mois ;
On attendait l'intervalle qui passe,
Fixé par le descendant de nos rois,
Avec une impatience bien rare ;
Le tems était peu distant,
On attendait chez le lion barbare,
Le lion heureux, l'agréable instant,
Or, la félicité panche
Avec leur grand bonheur,
Sa joie pétille, s'épanche,
Avec leur bouillant et leur doux cœur.
L'heureuse époque expire
Le mois est exaucé bien lentement,
On n'en est bien las, mais on respire,
Tous voient sa fin joyeusement.
Ecoutez ; s'assemble la compagnie,
Des animaux représente la nation,
La noble, elle est pleine de vie
Et tous par ordre de corporation ;
Car chacun veut qu'il en gente,

Tous sont là réunis par tribus,
Toutes les nuances il faut qu'elle présente ;
Tous les talens de toute espèce se croient entendu
Le lion après s'être assis sur son siége
Etait venu le moment final,
Le lion qui toutes les nuits assiége
Le remords du cœur bien fatal,
Il avait, était vêtu d'un costume,
D'un de ces habillemens qui étaient beaux,
La puissance était un enclume
Qui de sa griffe avait brisé beaucoup de marteaux
Ecoutez ma parole sainte,
Tous connaissent ma grande et extrême bonté,
Dit-il, que ma volonté soit crainte,
Et que tous adorent ma majesté ;
Que tout le monde me salue,
Je garde ma couronne, je suis le premier,
Tous m'otent leurs chapeaux l'adoration m'est due
Je suis votre souverain, nul ne peut l'oublier,
Vous pouvez le voir ce male,
Et je le fais remarquer, montrer à tous,

Tous les gens et toute la male;
Ma bonne noblesse, remarquez-la vous.
Je veux, je désire qu'on le montre,
Qu'on voit qu'il n'est pas vilain,
Car du tout il n'est pas monstre ;
Nous verrons qui sera désigné par le destin,
Qui l'aura étant le plus grand poëte,
Avec le plus immense moyen,
Sera le moins cornichon, le moins bête
Ou celui qui n'aura absolument rien,
Nés tous du Dieu d'Abraham et d'Eve,
On vous avertit que le mois est fini,
Que notre idée s'agrandisse, s'élève,
Qu'aucun noble peuple ne sera ennemi.
En premier divers anes
Devant le lion se présentent,
Tous étaient de vrais cranes,
Bêtement le monde ils saluèrent.
Le premier faisait de la tapinerie,
C'était un ane postulant; bavardant ,
Il croyait que de tapiner c'était génie.

De la poche une sonnette exhumant.
Il faut que depuis long-tems cela finisse,
Dit-il, récommencez en moi,
Qu'avec mon aiguile je punisse,
C'est par cela que de l'expiration le roi,
Promit une autre contrée étrangère.
dit un autre et je doîs mériter,
Le prix, pour régner moi en derrière.
Le droit de tous en général est d'emboyer.
J'ai une fortune trop jolie,
J'aimais trop tellement mon neveu,
Que de l'interdire j'avais l'envie,
Je voulais l'interdiction avec feu,
Je me mis seul hibliothécaire,
A la belle bibliothèque de l'Institut,
J'ai fait des hommes pour y plaire
Mon bavardage ne s'est tu.
Vu mes moyens des lettres je compose
Je suis un vrai académicien
Je suis beau grand dans le fauteuil je me pose
Un jour à l'académie, vous n'ignorez rien

On dit que dirige le cirque de la confrerie
dit un autre ami, j'en suis le directeur
On ose dire que j'ai de la miainerie
Que des méchans cabotins je suis l'exécuteur.
On dit que mes artistes,
Dit un autre, de ce même théâtre des sots
Des peintres je fus sur la liste ,
Dans leurs idées j'ai tant d'esprit que je ne dis mot
On vante partout mon joli visage ;
Je fus cabotin, je fus horloger,
Dit un autre, on ne m'accusera pas de bavardage
Je fus tous et tout cela je peux le prouver ;
Ecoutez ma voix tendre,
Dit, parla sans bavarder un jeune léopard,
Ce que je m'en vais dire vous allez le comprendre
Je peux vous laisser ma fortune,
C'est bien, mon génie rentre avec moi, quand je
(serais mort,)
Je ne pourrais vous laisser cette étoile,
Je suis trop franc pour vous dire qu'en vers je suis
(fort,)
Le lion parla : je viens d'avoir la preuve,

Les anes, le léopard ont parlé devant moi,
Je le dis vous sans que mon ame s'émeuve,
Le léopard a de l'esprit je le déclare roi,
Le lion met aux pieds de celui qui débute,
La coupe d'or près du léopard plein d'un noble
(orgueil.)
Tout le monde avoua sans dispute,
Qu'il avait déjà de ce qui faisait le coup d'œil.

LES NOCES

DU PRINCE ROYAL.

Le lion n'avait qu'un fils unique,
Etant vieux n'avait pas d'héritier,
Ainsi dans un état monarchique
Il pense à son nom on peut l'oublier.
Le père vient à dieu ponr sa monarchie
De combler de ses vœux son enfant.
On apprêtait tout pour la cérémonie,
Les fiancés se montraient de tous côtés à l'instant
Ils étaient aussi beaux l'un que l'autre.
Ils fulminaient de secret désirs,
Dans leur amour chacun se vautre,

De leurs cœurs émanaient des soupirs ;
Enfin ce rêve s'énerve
Attendant l'arrivée du bien aimé jour,
Les attraits de chacun relève,
Dans la soirée où l'on veut prendre le premier
(amour);
Enfin pour leur union tout s'apprête,
A l'autel on les mène les yeux pleinsd'espoir.
La félicité brille dans chaque tête,
Les parens raniment leurs espoirss
La cérémonie ils trouvent lente,
On a béni leur union
Leur ame est bien impatiente,
De leurs enfans les parens pleurent la séparation.
Quelqu'un de joie réciproque
Un seul en fut jaloux.
Des deux fiancés, de tout il se moqne,
Près de la beauté veut remplacer l'époux,
Il est en dedans du ris sardonique,
Il a la fureur dans ses traits,
Dans son jeu catonique, pyronnique,

De la femme désire voir les attraits ;
Et puis il s'empresse, s'étonne,
Verser des larmes, pleurer ;
Mais son accès tonne et sermone
Sur le mari il veut se venger.
Quand j'avais quinze années
La femme j'avais désiré,
Quand son amour me donna de voluptueuses
(pensées),
Sur son amie on perd la volpté.
Oui je pourrais vanter mon amegèue,
A cet âge grand j'étais si neuf
Et dans ma pusillanime englomène
De mon amour lancé l'œuf.
Vingt ans disparaissent, s'écoulent.
A cette époque on voyait ma vertu,
La femme et l'homme qui vous parlent
Me l'ont enlevée et je me suis tu.
Cela me rend à toute ma rage ;
Les nerfs me donnent la crispation,
M'otent tout mon antique courage,

Les grandes flammes, mais je serais tué par l'am-
(bition.)

Ma colère qui est en moi jeune,
Ma virginité je n'en voulais qu'en dépit.
Ah ! ah ! quand on est jeune
Comme vraimeut la femme vous saisit,
Comme aussitôt en mariage
Le loup est attiré témoin
Et demande courtisans en plumage,
Qui se trouverait dans un coin ;
Je viens vous apprendre quelque chose,
Dit le loup, savez-vous pourquoi
Celui qui a tout vu se compose,
Le roi lui-même mon roi,
Je ne le sais pas, je l'ignore,
Répondit le courtisan.
Que celui que j'adore
N'est pas un féroce tyran,
Je m'en vais vous le dire,
Dit le loup, les souverains ne sont pas souverains
Parce que les peuples payent son empire,

Ou qu'ils viennent leur lécher la main,
Parce qu'ainsi on le supplie,
On l'adore à genoux
Parce qu'à ses pieds on prosterne son infâmie,
Attendant la valeur de mon argent peu doux ;
Moi si je peux de ma main tout je brise,
Des hommes je suis contempteur,
La femme autant je méprise ;
Non, non il n'est pas le dieu créateur.
Ainsi finit la journée.
Commença le beau journal noir ;
L'époux prend sa bien aimée ;
Dans les appas l'un de l'autre je crains de les voir
Ils passèrent la première nuit de leurs fiançailles
Ensemble dans un joli rideau;
Etaient encore dans leurs couches nuptiales.
Dans leur sexe chacun était beau.
Sur eux un doux servant veille.
Allons, Bon et bel ange gardien
De la femme conservez la merveille,
Garde-les tous deux bien.

De la porte on voit la megère
Que le loup anime contre le couple endormi
Entre dans le temple de mystère,
D'un coup de pied il étend éhahi.

Le loup se jette sur la dame.
Elle mérite... fait nn désir brûlant,
Il s'épuise, perd les faces de son ame
Avec les pieds dela beauté tombe expirant...

On apprend la nouvelle
Que le vieux lion est mort,
La peine est bien par trop cruelle.
On entre... on voit le fils expirer...
Il esi triste le transport.

L'ORANG-OUTANG

ET L'EUROPÉEN.

Donnez la main à cet animal demi-homme,
L'orang-outang de poils tout vêtu,
Ainsi partout en a lui-même
Qui par sa valeur est connu,
Il naquit sur les côtes,
Celui-la non loin du Chili
Les sauvages ont pour l'hote
De l'humanité il fut l'ennemi
Aux nations d'hommes et des femmes
Sur tous toujours la guerre allumât

Et dans ses ardeurs extrêmes
La torche incendiaire il flamba.
Voyez fnir cette troupe de plus d'un courage
Il enflamme de la destruction le flambeau.
L'osang-outang n'a pas un beau visage
Que le singe est aussi beau
Son visage est aussi vénérable
Que lui est plus grand et plus fort;
Devant lui pas il tremble.
Luttant l'oang-outang peut lui donner la mort.
Il est aussi laid que le singe éléphant,
On le voit dans sa vie vagabonde
Marcher avec un bâton.
L'orang-outang de la femelle
Est jaloux comme quelqu'un de sa sœur,
Dans son ame rebelle,
Sur l'individu on le voit se jeter avec ardeur,
Il beugle, luminant dans sa jalousie,
Et avec lui se promène dans la forêt,
Tous les deux avec la trop grande amie,
Jl se précipite le moindre adroitement indiscret.

Il punit la femme coupable
S'il la rencontre avec un étranger
Elle a été, elle est trop aimable,
L'orang-outang sur elle et sur lui va se venger,
Ce n'est pas contre les sauvages la race
Qu'il veut le voir l'apprend bien,
N'est-il la plus petite tache sur la femme la race.
Qu'il s'empresse bien vite l'européen.
Or un habitant de ce parage,
Un fahsionnable plus que galant,
Sur ces bords avait fait naufrage,,
Il s'était sauvé en nageant,
Il avait péri tout le navire,
Il y avait rencontré de granit vieux,
Des élémens s'était agacé lire
Le bâtiment dans les flots avait disparu en ce lieu
Il s'était sauvé et sans asile
Le beau et trop joli garçon
Sur la grêve était tombé malade
Puis avait montré sur le gazon.
Il était né dans la capitale

Du vaste et du grand Paris,
Où de volupté on se régale
C'est le séjour des premiers nids.
Il regrettait quand par sa maitresse s'épanche,
Il voyait se fixer sap eau.
Comme elle était attrayante blanche,
Tels les otages, celui-la était beau...
Tous les jours l'humanité toute entière
Fait des progrès et fait des pas
Vers la tombe, la mort dit adieu à la lumière,
Et s'abime devant le peu voluptueux trépas.
Elle m'a donné usage liberté hative,
Son lait j'ai sucé et je l'ai pressé
Avec sa belle mammelle native,
Dans ses bras jeune elle m'a élevé
Elle me sémblait rayonnante, majestueuse
Pendant mes rêves toute la nuit,
Comme dans ma pensée n'étant pas trompense
Médite. cherche, tombe, s'évanouit.
Il pensait à tout cela sur sa grève
Jeune, grand parfaitement beau

www.ingramcontent.com/pod-product-compliance
Lightning Source LLC
LaVergne TN
LVHW012010160826
845678LV00002B/754

* 9 7 8 2 3 2 9 6 6 7 1 8 8 *